Anctil, Gabriel
    Mi equipo de fútbol / Gabriel Anctil ; ilustradora Denis Goulet ;
traductor Jorge Eduardo Salgar Restrepo. -- Editora Mireya Fonseca Leal.
-- Bogotá : Panamericana Editorial, 2015.
    32 páginas : ilustraciones ; 20 cm.
    Título original : Mon équipe de soccer.
    ISBN 978-958-30-4635-3
    1. Cuentos infantiles franceses 2. Familia - Cuentos infantiles
3. Vida cotidiana - Cuentos infantiles 4. Fútbol - Entrenamiento - Cuentos
infantiles I. Goulet, Denis, ilustradora II. Salgar Restrepo, Jorge Eduardo,
traductor III. Fonseca Leal, Raquel Mireya, editora IV. Tít.
I843.91 cd 21 ed.
A1467947

        CEP-Banco de la República-Biblioteca Luis Ángel Arango

Mi equipo de fútbol

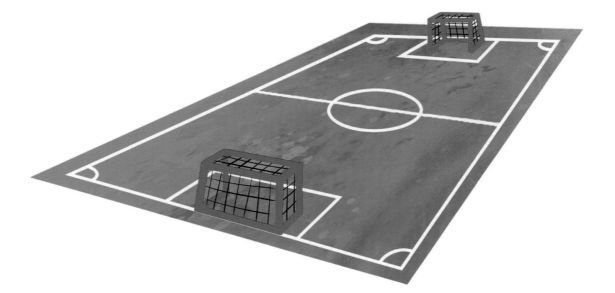

Primera edición en Panamericana Editorial Ltda.,
marzo de 2015
Título original: *Mon équipe de soccer*
© Dominique et compagnie
© 2014 Panamericana Editorial Ltda.,
de la traducción al español
Calle 12 No. 34-30, Tel.: (57 1) 3649000
Fax: (57 1) 2373805
www.panamericanaeditorial.com
Bogotá D. C., Colombia

Editor
Panamericana Editorial Ltda.
Edición
Mireya Fonseca
Traducción del francés
Jorge Eduardo Salgar
Diagramación
Jonathan Duque, Martha Cadena

ISBN 978-958-30-4635-3

Impreso por Panamericana Formas e Impresos S. A.
Calle 65 No. 95-28, Tels.: (57 1) 4302110 - 4300355.
Fax: (57 1) 2763008
Bogotá D. C., Colombia
Quien solo actúa como impresor.

Impreso en Colombia - *Printed in Colombia*

Mi equipo de fútbol

Texto: Gabriel Anctil • Ilustraciones: Denis Goulet

PANAMERICANA
EDITORIAL
Colombia • México • Perú

Ahora que tengo **4 años**, por fin puedo hacer parte de un equipo de fútbol.

Además, papá será mi entrenador. ¡Tengo MUCHAS ganas de jugar!

Mi equipo es el Barcelona. ¡Tenemos la camiseta más bella de la liga!

Jugamos en una verdadera cancha de fútbol,

con un balón de verdad

y guayos.

9

Al comienzo de cada
entrenamiento,

papá nos pide dar tres vueltas
corriendo a la cancha.

Luego, practicamos
nuestros pases y tiros.

Cuando soy el arquero,

detengo todos los balones..., o casi.

11

Después, un verdadero camino comienza.

Papá nos explica:

"Hay que enviar el balón a la red del equipo contrario".

13

¡Piiiiiiiiiiiiii!

¡El árbitro hace sonar
el silbato y comenzamos!

14

Los otros papás nos animan:

¡VAMOS BARCELONA!

¡VAMOS BARCELONA!

Pero la mayoría de los jugadores
no se preocupan por el balón.

Pedro y Vicente miran pasar los aviones.

Rafa quiere
un helado.

Max se enreda con la
red de la portería.

Simón rueda
hasta el otro
arquero.

Víctor se vuelve fantasma.

Oliver no quiere jugar.

Papá está un poco desanimado.

19

Hoy disputamos nuestro último partido de la temporada.

Toda la familia viene a verme jugar

Incluso la abuela y el abuelo están acá.
¡En verdad quiero impresionarlos!

Rafael y yo corremos con
todas nuestras fuerzas.
Me pasa el balón.

¡GOLAZO!

Esquivo tres jugadores y tiro al arco.

BOP!

Papá me levanta y me lanza por los aires.

Emilio y mamá gritan:
"¡Bravo, Leo!".

23

Después del partido, todos los jugadores reciben una medalla de oro.

Incluso aquellos que no tocaron el balón en toda la temporada.

"¡Viva Barcelona!".

Quizás no ganamos muchos partidos,
¡pero nos divertimos mucho, **muchísimo**!